Editora Appris Ltda.
1.ª Edição - Copyright© 2024 da autora
Direitos de Edição Reservados à Editora Appris Ltda.

Nenhuma parte desta obra poderá ser utilizada indevidamente, sem estar de acordo com a Lei nº 9.610/98. Se incorreções forem encontradas, serão de exclusiva responsabilidade de seus organizadores. Foi realizado o Depósito Legal na Fundação Biblioteca Nacional, de acordo com as Leis nºs 10.994, de 14/12/2004, e 12.192, de 14/01/2010.

Catalogação na Fonte
Elaborado por: Dayanne Leal Souza
Bibliotecária CRB 9/2162

Q3a 2024	Quelhas, Iliana de Carvalho O arco-íris que queria ser diferente / Iliana de Carvalho Quelhas. – 1. ed. - Curitiba: Appris, 2024. 28 p. : il. color. ; 16 cm. Ilustrações: Lícia Andrade. ISBN 978-65-250-6169-6 1. Diferenças. 2. Mudanças. 3. Inclusão. 4. Aceitação. I. Quelhas, Iliana de Carvalho. II. Título. CDD – 028.5

FICHA TÉCNICA

EDITORIAL	Augusto Coelho
	Sara C. de Andrade Coelho
COMITÊ EDITORIAL	Marli Caetano
	Andréa Barbosa Gouveia - UFPR
	Edmeire C. Pereira - UFPR
	Iraneide da Silva - UFC
	Jacques de Lima Ferreira - UP
SUPERVISOR DA PRODUÇÃO	Renata Cristina Lopes Miccelli
PRODUÇÃO EDITORIAL	Bruna Holmen
REVISÃO	Arildo Junior e Nathalia Almeida
ILUSTRAÇÃO	Lícia Andrade
PROJETO GRÁFICO	Amélia Lopes
REVISÃO DE PROVA	Jibril Keddeh

Appris editora

Editora e Livraria Appris Ltda.
Av. Manoel Ribas, 2265 – Mercês
Curitiba/PR – CEP: 80810-002
Tel. (41) 3156 - 4731
www.editoraappris.com.br

Printed in Brazil
Impresso no Brasil

Iliana de Carvalho Quelhas

o arco-íris
que queria ser
diferente

Appris
editora

Curitiba, PR
2024

Para minhas netas, Sara e Manuela, e para todas as crianças.
Que tenham coragem e força para enfrentar as mudanças necessárias que a vida lhes apresentar.
Para Vitor, meu sobrinho, que já foi Vitória e continua muito amado.

AGRADECIMENTOS

Às crianças com quem convivi, meus filhos, meus sobrinhos, seus amiguinhos, meus alunos,
à criança que ainda vive em mim, que me permitiram embarcar em fantasias
e brincadeiras criando histórias, sonhando e acreditando que podemos mudar construindo felicidade.

A família Arco-Íris estava muito feliz.
Nascera mais um membro.
O Arcoirizinho.
Papai e mamãe Arco-Íris, orgulhosos, falavam de suas cores ainda pálidas,
mas todas nos lugares certos: vermelho, laranja, amarelo, verde, azul, anil e violeta.
Sem dúvida ele seria o arco-íris mais lindo do céu.

O tempo passou...

O jovem Arcoirizinho já era um menino. Ainda não trabalhava.
Divertia-se no espaço infinito com as estrelas, as nuvens,
os raios de sol e o brilho do luar.

Um dia seu pai falou:

— Amanhã haverá uma boa chuvarada.
Logo depois o sol voltará a brilhar e eu, como sempre, aparecerei assim
que um raio de sol tocar numa poça d`água, ou até uma gotinha
que esteja flutuando sobre os jardins ou nas ruas. Você vai comigo.
Vou ensiná-lo a surgir no tempo certo. Já é hora de começar a aprender o ofício.

Arcoirizinho ficou muito ansioso. Mal pôde dormir. Poliu bem suas cores, verificou se não estavam desbotadas, pediu pó de brilho de estrela para sua amiga Estelita e perguntou mil vezes para a mãe se estava brilhante e bonito. Até porque brilhar era com ele mesmo. Ansioso, aguardava, até que chegou a hora tão esperada. Arcoirizinho partiu com o pai. A mãe correu para uma nuvem fofinha e confortável para assistir de camarote a estreia do filho.

Chovia na terra. Assim que a chuva terminou, o sol espalhou seus raios
e, nesse instante, Arcoirizinho e seu pai pegaram carona num deles
e atingiram uma gota d'água depositada numa linda papoula do jardim de uma casa
e surgiram majestosos no céu.

A cidade parou. Era um lindo espetáculo: um arco-íris enorme e um menor ao lado.
A mãe do Arcoirizinho ficou toda orgulhosa e não conteve uma lágrima de emoção.

— Vai ver são pai e filho — disse uma velhinha que os apreciava olhando encantada para o céu.

Arcoirizinho voltou extasiado para casa. Do alto viu muitas coisas novas. O que mais o impressionou foi a variedade de formas, cores e tons diferentes dos dele. Algo que chamou, de uma forma especial, a sua atenção foi a tela de um pintor, que conseguiu ver por uma janela aberta. Não parava de pensar sobre o que vivenciou. Até que teve uma ideia. Foi dormir com ela na cabeça, sonhando com as cores diferentes que havia visto.

No dia seguinte, bem cedo, conversou com Raio de Sol, seu amigo. Falou de seu encantamento com as diferentes cores, principalmente as que viu pela janela do pintor, falou da vontade de vesti-las.

Raio de Sol disse que na terra as cores coloriam muitas formas com tons diferentes, que com certeza eram parentes das cores dele.

De repente, Raio de Sol parou e ficou pensativo...

— Olha, Arcoirizinho, aconselho você a não pensar nisso, vai dar problema. Eu tive um primo que queria ser raio de luar e não de sol. Por isso viveu muito infeliz. Foi perdendo o seu calor, esfriou e desapareceu.

Arcoirizinho muito depressa respondeu que não ia desaparecer, só queria conhecer de perto tantos outros tons e a parentela de suas cores, como o próprio Raio de Sol havia dito e insistiu na ajuda do amigo.

Então, Raio de Sol falou:

— Sobe aí que vou levá-lo até o ateliê do pintor.

— Oba, vamos nessa! Quero mergulhar nas novas cores e saber se são parentes das minhas.

Num instante Raio de Sol o deixou no ateliê do pintor. Rapidamente ele mergulhou em diversas tintas: rosa-choque, prateada, verde garrafa, marrom... Gostou muito de algumas, de outras nem tanto, e voltou para o espaço.

Quando seus pais o viram, foi um escândalo.

— O que você fez, meu filho?! — gritou a mãe.

— Ora, eu coloquei cores novas. Estou adorando meu novo visual.

— Impossível! — falou o pai com autoridade. — Vá tirar tudo isso e polir suas cores. Quem colocou essas ideias na sua cabeça? Aposto que foi aquela sua amiga Estelita, a estrela maluquinha.

— Deixa ela fora disso. Eu é que quero mudar e não vejo nada de mais nisso, continuarei sendo um excelente arco-íris.

— Nunca! — gritou o pai. — Você está de castigo, vá agora para o buraco negro.

Apavorado, o Arcoirizinho disse:

— Buraco negro não, pai, lá não deve ter nenhuma corzinha.

Arcoirizinho obedeceu, mas não se convenceu. Tantas cores bonitas no ateliê do pintor. Por que não podia ser diferente? Ele queria ter outras cores, exibi-las no céu, por que não podia se apresentar de outro jeito?

Foi conversar novamente com seu amigo Raio de Sol, que concordou em levá-lo sempre que fosse possível ao ateliê do pintor, mas alertou que era por conta e risco dele. Não queria confusão com a família do amigo. E assim aconteceu. Voltaram lá e Arcoirizinho ficou namorando as cores, espiando timidamente o pintor espalhar suas tintas numa tela.

O pintor, que era muito sensível às cores, sentiu algo diferente no ar. Uma radiação de cores brilhantes refletia-se no ateliê. Olhou em volta e viu o Arcoirizinho tentando esconder suas cores meio encabulado e Raio de Sol fugindo pela porta.

— Olá, amigos, que surpresa. Um arco-íris me visitando e um simpático raio de sol. Podem se chegar. Cuidado para não misturar suas cores com as outras. São lindas, não canso de olhar.

— Olá, seu pintor, eu também acho minhas cores lindas. Mas queria tanto experimentar cores diferentes... Por sinal, me desculpe. Outro dia entrei aqui e mergulhei nas suas tintas. Achei-me lindo, mas em casa foi horrível. Meu pai até queria me colocar de castigo no buraco negro. Fiquei muito triste, não admitem arco-íris diferente.

— Que horror, castigo no buraco negro? Lá onde não tem nenhuma corzinha? Talvez eu possa ajudá-lo — disse o pintor pensativo. — Vai ser uma revolução... mas, se você assim quer, vamos realizar seu desejo. Pula na minha tela e fique quietinho, pode ser que faça cócegas.

Feliz, o Arcoirizinho pulou na tela e ficou bem quietinho.

O pintor trabalhou espalhando tintas sobre ele.
Ao final, o artista trouxe um espelho e Arcorizinho se surpreendeu. Estava lindo!

— Obrigada, seu pintor. Que roupa linda. Quero dar um pulo no céu para que o povo veja.
Nessa hora meu pai e minha mãe estão em casa. Não têm trabalho, pois não há chuva e tudo está seco.
O senhor terá que me ajudar. Molhe por favor as plantas do seu jardim, mas coloque
o esguicho da mangueira bem fininho como se fosse um véu para Raio de Sol me projetar.

Raio de Sol que estava só observando, disse que não sabia se iria funcionar.
Disse que não sabia se conseguiria projetá-lo no céu com aquelas cores tão diferentes.
Será que elas também se refletiriam na sua luz?

Arcoirizinho ficou triste com a possível impossibilidade de brilhar no céu,
eram tantos impedimentos... Porém, acontece que, muitas vezes,
quando queremos muito uma coisa e trabalhamos por ela,
o impossível se torna possível. E assim aconteceu.

Raio de Sol e o pintor resolveram tentar.
O pintor girou o esguicho da mangueira e Raio de Sol
passou sobre ele e o que parecia impossível se fez possível.

O povo da cidade olhava espantado e deslumbrado. Um espetáculo inédito.

Um arco-íris com cores novas. Como era possível? Será doença de arco-íris?
Chuva ácida, água poluída? Tecnologia?

Orgulhoso, Arcoirizinho se exibia.
O pintor sorria divertindo-se e Raio de Sol estava surpreso e feliz com o novo espetáculo.
Depois de um tempo, o pintor desligou a mangueira
e Arcoirizinho e Raio de Sol voltaram ao seu estúdio.

Arcoirizinho logo trocou a roupa nova pela tradicional,
agradeceu e partiu com Raio de Sol, mas antes,
combinou com o pintor de voltarem na próxima semana.

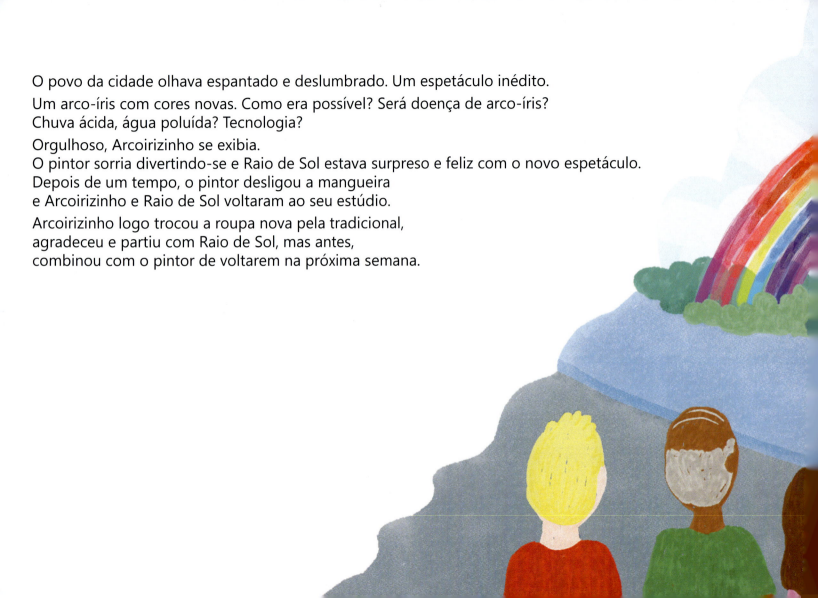

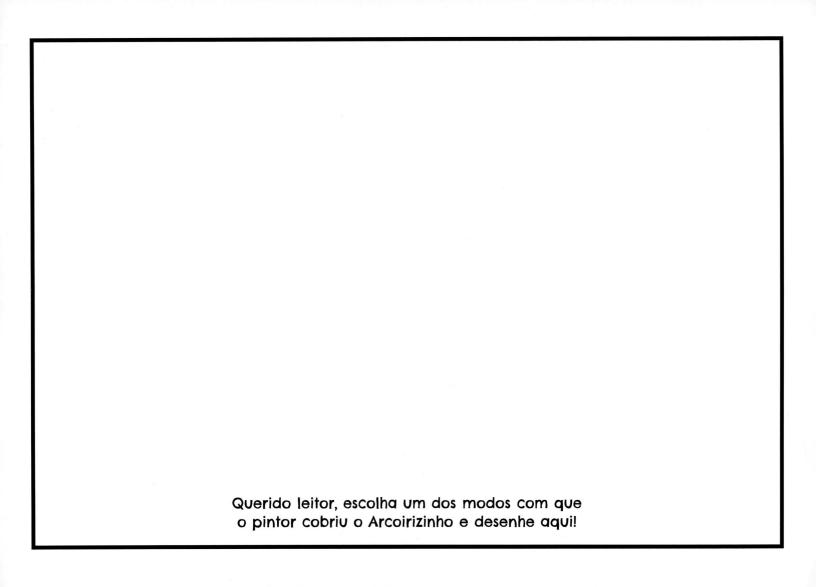

Querido leitor, escolha um dos modos com que o pintor cobriu o Arcoirizinho e desenhe aqui!

Durante vários meses, tudo se repetiu. Cada vez o pintor colocava cores diferentes no amigo. Até que começou a estampá-lo com formas geométricas, flores, animais, listras, escudo de times de futebol...

A fama do Arcoirizinho correu com o vento. Começou a vir gente de todos os lugares para vê-lo. Uns continuavam achando que era coisa de raio laser, tecnologia, poluição, mas, seja lá o que fosse, era bonito de se ver. Só não sabiam que a mudança era para valer. Arcoirizinho tomou uma atitude. Ia ser diferente. Assumiria todas as cores, desenhos e padrões que quisesse usar e ia mostrá-los nas suas próprias criações.

Tomou uma decisão e conversou com o pintor e com Raio de Sol que o incentivaram. Em casa, com coragem, conversou com os pais. Falou do seu sucesso, de como as pessoas ficavam felizes e ele também. Os pais de cara feia, não se convenciam. Até que, de tanto Arcoirizinho falar, concordaram em conhecer o pintor que chamaram de Estilista.

Os pais, carrancudos, foram até o ateliê conhecer o pintor. Ainda não se convenciam. Porém, o pintor e Raio de Sol sugeriram a eles que fossem para uma nuvem e observassem.

Arcoirizinho, dessa vez, se produziu sozinho e assim que o pintor e Raio de Sol colocaram a mão na massa ele surgiu diferente e lindo no céu.

O povo feliz aplaudia. Todos fotografavam e filmavam o fenômeno. Um arco-íris diferente. Uma alegria geral tomava conta de todos.

Os pais vendo tudo da nuvem compreenderam, principalmente, a alegria e felicidade do filho, que mesmo com cores diferentes e trabalhadas de outras formas, refletia uma grande felicidade.

O pintor desligou a mangueira e todos voltaram para o ateliê. Arcoirizinho já se preparava para mais uma briga com seus pais. Porém, a família Arco-Íris se abraçou. O pai falou:

— Meu filho, eu não sou de modismos, isso não é para mim. Porém, admito que o povo gostou. Vi você muito feliz também e isso para mim é o mais importante.

— Eu estava assustada, mas gostei... — disse a mãe. — Pode levar suas novas roupas lá para casa.

Já iam saindo quando ela timidamente perguntou ao pintor:

— Será que o senhor faria uma para mim?

Todos riram, se despediram e voltaram felizes para casa.

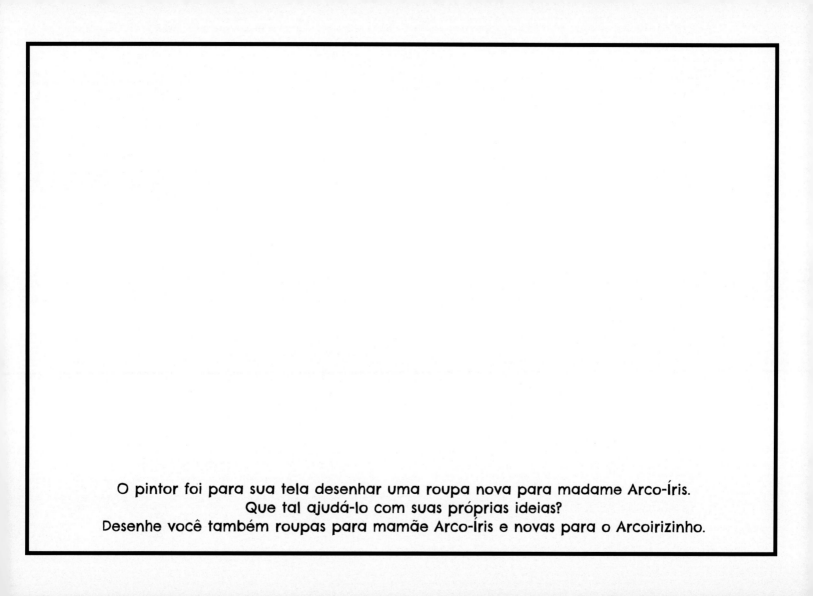

O pintor foi para sua tela desenhar uma roupa nova para madame Arco-Íris.
Que tal ajudá-lo com suas próprias ideias?
Desenhe você também roupas para mamãe Arco-Íris e novas para o Arcoirizinho.

Sobre a autora

Iliana de Carvalho Quelhas é pedagoga, nascida em Niterói/RJ onde trabalhou e se aposentou atuando na área educacional. Graduada pela Universidade Federal Fluminense (UFF) em Pedagogia. Sempre buscou incentivar a criatividade e o pensamento dos seus alunos, e hoje de suas netas, Sara e Manuela. Além de professora, ela é escritora de histórias infantis e poesias. Algumas de suas histórias foram inspiradas em experiências da sua família. Ela já publicou um livro de poesias e agora lança seu primeiro livro infantil, que promete encantar crianças e adultos.

Sobre a ilustradora

Licia Andrade, ilustradora, tem experiência em criar visuais cativantes para vários projetos, principalmente na literatura infantil. Sua jornada começou como arquiteta, mas sua paixão pela expressão artística a levou a mergulhar no universo da ilustração, sempre gostando de criar temas extravagantes, cheios de cores vibrantes.